E. Pontis et E. Silvercruys

KO-TSIO

Épisode dramatique en 4 actes

De la guerre russo-japonaise

P. SCHEFFER

Éditeur de l'Association d'Auteurs " L'ART DRAMATIQUE "

30, rue Stanislas

NANCY

KO - TSIO

ÉPISODE DRAMATIQUE EN 4 ACTES

De la Guerre Russo-Japonaise

———— ✳ ————

DISTRIBUTION

AU JAPON	A PORT-ARTHUR
ACTE I	ACTE III
Une nuit à Tokio	*La poudrière*
ACTE II	ACTE IV
L'enlèvement	*A la Russie ! A la France !*

PAUL D'AUTRAY, secrétaire d'ambassade (26 ans).
Boris METCHINOFF, attaché d'ambassade (28 ans).
TOM LEVIS (35 ans).
KAMOURA, capitaine japonais (30 ans).
*YAMATO père de MITSU (55 ans).
*Amiral ALEXIEFF.
*WAN KAOO, coolies chinois.
*Un commandant Russe.
*GEORGEVITCH, cosaque.
*Un soldat Japonais.
KOT'SIO (17 ans).
MITSU (17 ans).

Soldats Japonais. — Officiers Russes.

(Les rôles précédés d'une astérique peuvent être doublés.)

KO-TSIO

Épisode dramatique de la guerre russo-japonaise

ACTE I

La scène se passe le soir, à Tokio, sur la terrasse du jardin de l'amiral Yamato.

SCÈNE I

BORIS, PAUL D'AUTRAY

BORIS

C'est fou, mon cher comte, de venir à une pareille heure dans la maison de ce vieux scélérat de Yamato, sans y avoir été invités.

PAUL D'AUTRAY

Pardon, cher ami, pardon, nous avons été invités… Vois, le jardin est éclairé à giorno… Hein, s'y connaissent-ils en éclairage électrique ces diables de Jaunes… A propos, pourquoi ont-ils illuminé ?… On jurerait de la rue, qu'il y a fête chez l'amiral et pour tout potage officiel. Il y a toi et moi, mon vieux Boris.

BORIS

… Sans invitation.

PAUL D'AUTRAY

Encore le remords protocolaire ! mais mon ami, je te le répète, nous avons été, nous sommes invités, toi, par la noble demoiselle Mitza, la fille de Yamato, qui, je te l'accorde est un vieux criminel, mais à qui il sera beaucoup pardonné à cause de Mitza, moi, par ce mignon petit oiseau des bambous, Ko-Tsio, la fine fleur de la flore coréenne, pour qui je donnerais Séoul, toute la Corée et toute la Mandchourie…

BORIS (*ironique*)

Mitzu ? Ko Tsio !

PAUL D'AUTRAY (*allumant une cigarette*)

Oh ! je t'avoue, mon cher, que si nous étions dans le parc d'une marquise du Faubourg Saint-Germain ou dans les jardins d'une princesse de la perspective Newsky, l'in

vitation serait d'une qualité médiocre, mais, par ton petit
petit père le tzar ! nous sommes à Tokio, sur le domaine
du marquis Yamato, grand amiral de la flotte des Nippons
et je te prie de croire que ce marquisat et cet amiralat ne
m'empêchent pas d'accomplir d'un cœur tout à fait léger
cette violation de domicile... mais ris donc, mon lieutenant !
Pense aux yeux de velours de Mitzu, qui tout à l'heure vont
briller comme deux perles fauves, songe à l'amour de ta
petite nippone, nippone-friponne, ça rime, s'il n'y a pas la
rime et la raison, il y a la rime et la folie... Ohé ! Ohé ! A
nous les petites demoiselles chrysanthèmes de l'Extrême-
Orient ! les dames sont pour Loti, qui l'a été moins bien que
nous loti... Ohé ! Ohé ! Mitzu ! Ko-Tsio ! Ko-Tsio ! Mitzu... Mi
mi ! Koko ! si-si.. o ! o ! Mit...zut ! Il sera dit que l'ami Boris ne
rira pas. Ah ! le piètre amoureux que tu fais là ! Tu es transi,
mon lieutenant, comme un pêcheur d'esturgeon du lac
Baïkal, tu es triste comme serait triste le révérendissime
seigneur Yamato le jour où son impérial maître lui ordon-
nerait d'accomplir le Hara-Kiri... Tu connais le rite : On
saisit son sabre, on dénoue sa ceinture, on invoque Bouddha,
et puis, couic, on se coupe le ventre avec gravité et com-
ponction... Les entrailles se déroulent comme de petits rep-
tiles et si l'on trouve que l'on ne s'amuse pas énormément
à ce petit jeu, on a le plaisir de se nouer une entraille autour du col et de se pendre à l'espagnolette de sa fenêtre...
Ce n'est pas plus malin que ça...

BORIS

Ah ! Français peu sérieux !

PAUL D'AUTRAY

Pas sérieux, le Hara-Kiri... Diable, je me demande ce
qu'il te faut...

BORIS

Je n'ai pas le cœur à l'amour, mon cher d'Autray... Je
n'ai pas l'esprit à la joie.

SCÈNE II

LES MÊMES, TOM LEVIS ARRIVANT...

All rigt, very well... good night !...

PAUL D'AUTRAY

Hé ! Ce n'est que ce bon Tom Levis.

TOM LEVIS

Quel plaisir de vous voir, ici... à cette heure ?

PAUL D'AUTRAY

Imaginez-vous, mon cher Tom, que nous sortions de chez
notre collègue d'Italie, lorsque nous avons été éblouis par
les illuminations du seigneur Yamato... nous avons cru
qu'il y avait fête et nous avons sauté le mur.

TOM LEVIS

Ah ! ah !.. la bonne histoire !. Vous sautez le mur, moi je
fais sauter le champagne !... Ah ! ah !

PAUL D'AUTRAY

On saute ce que l'on peut.

TOM LEVIS

Et l'on peut ce que l'on veut, gentlemen...

PAUL D'AUTRAY

Je ne vous comprends pas, master Tom.

TOM-LEVIS

Je me comprends, cela suffit, sir d'Autray !... Mais je
crois fort que vous ne boirez pas ce soir chez le seigneur
Yamato, le bon vin des Français...

PAUL D'AUTRAY

Ni vous, Tom !...

TOM LEVIS

Moi ! Peut être...

PAUL D'AUTRAY

Vous, Tom.. Vous avez flairé l'odeur du bouchon...

TOM LEVIS

Moi, j'aime mieux le champagne que les petites illumi-
nationes ! !... J'ai bu deux mille quatre-cent-cinquante-
trois bouteilles depuis ma naissance, et je marque toujours
sur bloc-notes les émotionnes un peu conséquentes de mon
individu.

PAUL D'AUTRAY

Comme qui dirait les états d'ébriété par trop prononcés.

BORIS *(scandalisé)*

Oh ! d'Autray.

TOM LEVIS

Non, vous n'y êtes pas, français inventif, je suis homme
d'ordre, américain pratique, je marque toujours sur mon
calepin les émotionnes à conséquences... Vous ne me com-
prenez pas ?...

PAUL D'AUTRAY

Non... aucunement.

BORIS

(sur une interrogation muette de Tom) Ni moi non plus
Master Levis.

TOM LEVIS

Je m'explique *(prenant son calepin, lisant)*. Le 21 jan-
vier 1866, miss Daysy Kraks, respectable nourrice, s'étant
oubliée dans bar de New-York m'a fait boire bouteille Wisky
croyant donner biberon *(Paul et Boris rient)* conséquence :
vomissements, coliques, indigestionne et convulsionne...
Le 6 mars 1884, en voyage à Paris avec le respectable John
Levis, mon papa, avons ingurgité beaucoup champagne
avec petites femmes cocottes, tête à l'envers, cœur aussi,
tombe dans Seine, policeman plongeur me repêche, conse-

quence, pour agent : décorationnne, pour moi: fluxionne...
Le 14 août 1899, fiancé jolie miss Philadelphie, elle very
bioutifoul, moi très content, boire beaucoup, lager biar,
stout, pale ale, soda, ginger ale, Brandy, coxtail, Wisky...
boxer avec belle maman future, conséquence : démis-
sionne et toujours garçonne, (remettant flegmatiquement
son calepin). Voilà, finished... la suite au prochain numéro
comme on dit chez vous, master d'Autray...

BORIS

(Paul et Boris riant) Ce farceur de monsieur Levis, il est
parvenu à me dérider.

PAUL D'AUTRAY

Dites donc, Boris, n'est-ce pas, qu'il est étonnant ce vieux
Tom...

TOM LEVIS

Trois émotionnes à conséquence n'est pas un record,
j'espère en avoir d'autres, et deux-mille-quatre-cent-cin-
quante-quatre bouteilles ne doivent pas vous étonner, jeu-
nes gentlemen.

PAUL D'AUTRAY

Sacré Tom ! je m'étonne parce que vous comptez encore
vos bouteilles... A votre place, Tom, j'aurais perdu la mémoire...

TOM LEVIS

Moi, je ne perds pas la mémoire avec champagne. Avec
whisky, bien... bien... mais je comptais toujours bouteilles
champagne... je perdais pas mémoire, mais ce soir, je perdais mon temps simplement... times is money !.. Bonsoir.

PAUL D'AUTRAY

Nous vous suivons, mon vieux Tom ?

TOM LEVIS

Nô ! Nô !...

BORIS

Nous vous gênerions, monsieur Levis ?

TOM LEVIS

Non ! jamais gêné gentlemen, mais j'ai affaires importantes... Bonsoir.

PAUL D'AUTRAY

Hè ! mon vieux Tom... on les connaît vos affaires.

TOM LEVIS

Aoh !

PAUL D'AUTRAY

N'est-ce pas Boris ! nous les connaissons.

TOM LEVIS

Aoh !

PAUL D'AUTRAY

Vos affaires ? c'est le champagne des autres.

TOM LEVIS *(tout en sortant)*

Non... non... vous connaissez pas. Non M. Boris! Non

M. d'Autray vous ne connaissez pas mes affaires (*il sort en riant aux éclats et petit à petit, son rire se perd au loin*).

SCÈNE III

BORIS, PAUL D'AUTRAY

PAUL D'AUTRAY

Est-il drôle ce vieux sac à champagne ! Il n'est amusant que lorsqu'il est sous pression, et comme il est sous pression vingt heures sur vingt-quatre, c'est un joyeux compagnon.

BORIS

Levis ! Pouah !...

PAUL D'AUTRAY

Voyons, mon ami, tu admettras que si Levis ne t'amuse pas, ton cas est rudement grave... Tiens, au lieu d'attendre nos divinités, je vais te conduire à l'infirmerie du bord.

BORIS

Ne raille pas, cher ami, je t'en prie... Ma pensée est en Russie... L'avenir m'effraie... je crois... Ah ! je n'achève pas... Tu me croirais fou, d'Autray !

D'AUTRAY

Qu'est-ce que tu crois ?

BORIS

Je crois... je crois... à la guerre.

D'AUTRAY

Tu dis, mon ami ?

BORIS

Je crois à la guerre, à la guerre prochaine, à la guerre imminente. Le Japon la veut et il la fera. Il paiera cher cette folie de grenouille jaune vaniteuse qui veut se faire plus grosse que l'ours moscovite, mais il ne sera pas seul à payer et je songe, avec désespoir, au sang russe qui sera versé.

D'AUTRAY

Mais tu déraisonnes, cher ami ! La guerre ? Si la Russie la voulait, j'y croirais, mais la Russie ne la veut pas et les petits hommes jaunes, si gros qu'ils puissent vouloir se faire, n'oseraient tirer les premiers coups de canon ! La guerre ! Je parie que c'est Tom Levis qui, hier soir, lorsque tu le tenais dans un coin du salon de M. de Rosen, t'a mis ces sornettes en tête pour te faire marcher, comme nous disons à Paris, ou bien... pour essayer de faire acheter du charbon à ton gouvernement... Il est malin le Yankee ! La guerre ! Ah ! sacré Tom ! sacré Levis ! sacré gros bouchon de champagne ! mais c'est hilarant ce que Levis t'a raconté.

BORIS

Oui, Levis m'a affirmé la chose...

D'AUTRAY

Il était ivre mort, ou ivre agonisant si tu préfères, car un homme ivre mort aurait quelque difficulté à s'exprimer...

BORIS

Oui certes, Levis était ivre.

D'AUTRAY

Et toi, un homme sérieux et positif, tu t'inquiètes de la parole de cet admirable poivrot, de ce mikado de la bouteille régnant sur les royaumes des rhums, des cognacs et des wisky !

BORIS

Je te répète que Levis était ivre et c'est précisément parce qu'il était ivre que j'ai retenu ses propos.

D'AUTRAY

Ah ! mon pauvre Boris ! Je crois que tu es en veine d'originalité, ce soir, dans les jardins du terrible seigneur Yamato.

BORIS

Je dis ce que je pense, ami, car Levis, très malin, ainsi que tu le déclarais tout à l'heure, ne dit une vérité que lorsqu'il la découvre au fond de son verre.

D'AUTRAY

...Ça, c'est pas mal trouvé... Levis à jeun serait un fieffé menteur, mais Levis pochard serait un homme dont la parole devrait avoir autant d'autorité qu'une parole de l'Evangile... comme qui dirait la vérité sortant d'un puits d'alcool. Après tout, cela est possible... J'adore le paradoxe et je m'incline. Chut !... Il me semble avoir entendu le froufrou des ailes d'un de nos petits oiseaux. (*Il se retourne.*)

BORIS (*Il se retourne*)

Oui... les bambous ont remué, et, dans l'air, on ne sent pas la moindre brise.

D'AUTRAY

Si elles étaient deux, elles parleraient... Il n'y en a donc qu'une... Voyons, je mets un louis sur Ko-Tsio, places-tu un louis sur la tête adorable de Mitzu ?... Ah ! tu aurais perdu, Boris. C'est Ko-Tsio.

SCÈNE IV

LES MÊMES, KO-TSIO

D'AUTRAY

Bonsoir Ko-Tsio la jolie ! Salut à vos beaux yeux, étoiles des soirées amoureuses, salut à vos cheveux plus noirs que la laque de Yeddo.

KO-TSIO

Oh ! oh ! ce monsieur Paul ! Est-ce ainsi que vous parlez à vos parisiennes... Je suis très modern-style vous savez... Va bien. (*Elle donne un shake-hand à d'Autray.*)

D'AUTRAY

Quelle poigne, pour une aussi jolie menotte.

BORIS

Bonsoir, mon enfant.

KO-TSIO (*serrant la main de Boris*)

Va très bien, et vous...

BORIS

C'est Tom Levis qui vous a appris à donner la main à l'américaine ?

KO-TSIO

Yes, yes... Tom Levis... Shake-hand, à l'américaine... mon modèle, c'est miss Roosevelt. Tom Levis... Aoh ! Aoh ! il est toujours « paf » comme l'on dit en France ! mais si amusant... Aoh ! Aoh ! Aoh !

D'AUTRAY

Tu vois, Boris, il n'y a plus d'erreur, Tom est un bipède amusant...

KO-TSIO

Yes, monsieur Paul, mais il est si laid ! Hier soir, l'on disait chez Yamato qu'il représentait bien mal l'Amérique, ce pauvre master Tom et Mme Li-Chang, la femme de l'attaché chinois, affirmait que c'était bien dommage.

PAUL

Pour qui dommage ? Pour Mme Li Chang.

KO-TSIO

Oh ! la pauvre femme ! Mais non, mais non, M. Paul... C'était bien dommage pour l'Amérique.

BORIS

Ah !

KO-TSIO

Et savez-vous ce que Mitzu a répondu... Mitzu a dit...

PAUL

Eh bien ?

KO-TSIO

Eh bien ! vous ne le saurez pas... Trop curieux, M. Paul, trop curieux... mais je vais le dire à M. Boris qui n'a rien demandé... Eh bien ! Mitzu a répondu que les seuls jolis garçons du corps diplomatique étaient...

PAUL

Arrêtez, mon petit oiseau des bambous... inutile de continuer... Les seuls jolis garçons du corps diplomatique, c'étaient... Boris et moi, parbleu !

KO TSIO

Ah ! vous saviez déjà.

PAUL

N'était-ce pas clair comme la lumière du jour, mademoiselle Chrysanthème ?

KO-TSIO

Alors, j'ai dit que la France et la Russie étaient bien heureuses d'être aussi magnifiquement représentées.

PAUL

Bravo ! Pour vous récompenser, petite fleur de thé et d'été, papillon bleu de l'azur oriental et parfum suave du paradis nippon, je vais effleurer de mes lèvres les ongles roses de vos doigts.

KO-TSIO

Vous m'aimez un peu, M. Paul ?... moi, je vous aime gros comme Yeddo.

PAUL

Et moi gros comme Paris...

KO-TSIO

Oh ! Paris ! Paris !

BORIS

Ma belle enfant, je suis curieux de savoir ce que l'on a répondu lorsque vous avez dit...

PAUL

...que la Russie et la France étaient bien heureux d'être représentées par d'aussi jolis garçons...

KO-TSIO

Ça, gentlemen, c'est une question diplomatique.

PAUL

Et c'est très grave, ma petite idole de Bouddha. Fais attention à ce que tu vas répondre, tourne vingt sept fois et demie ta langue rose entre les perles blanches que dans la langue française on appelle poétiquement des dents.

KO-TSIO

Très grave ?

BORIS

Peut être, petite Ko-Tsio.

KO-TSIO

Ce qu'on a répondu ? Eh bien, on n'a rien répondu. Tout le monde a eu la langue... comment dites-vous ça, vous autres, les Parisiens, en modern-style. Ah ! j'y suis, j'y suis... j'ai trouvé le mot. Eh bien tout le monde a eu la langue nickelée... Le silence régnait... j'ai entendu voler une mouche qui se posait sur le nez de l'ambassadrice Chinoise...

PAUL

Alors, c'est grave !

BORIS

Très grave, cher ami... Les choses les plus insignifiantes recèlent, à certaines heures critiques une forte dose de gravité.

KO-TSIO

Ça vous fait autant de peine que ça, M. Boris ?

BORIS

Il n'y avait que des dames, à cette soirée de la marquise Yamato, chère enfant ?

KO-TSIO

Des dames et des demoiselles...

BORIS

Et l'on parlait sans doute des nouvelles modes de Londres et de Paris ?

KO-TSIO

Hélas non ! M. Boris. Hélas non ! Ces dames parlaient de la question charbon. La marquise Yamato disait que depuis un mois on avait fait de formidables commandes en Amérique. Tom Levis avait servi d'intermédiaire...

PAUL

Moyennant des pots-de-vin parbleu !

KO-TSIO

Et Mitzu ajoutait qu'il avait dû gagner de quoi absorber cent petits verres de wisky par journée.

BORIS

Ah ! tu vois d'Autray, tu vois.

PAUL

Allons, assez de charbons ! en fait de charbons tu devrais être sur des charbons ardents, Boris, mon ami, en ne voyant pas paraître, telle l'aurore à l'horizon, ta petite Mitzu. Parlons de Mitzu ; Ko-Tsio. Boris a déclaré qu'il s'ouvrirait le ventre si Mitzu n'arrivait pas...

KO-TSIO

Mitzu devrait être ici... Elle a reçu votre billet et nous devions tous quatre prendre le thé chez mon oncle, à la légation de Corée... mon oncle fait ce que je veux et comme M. Yamato part cette nuit en voyage, Mitzu sera libre et nous... comment dites-vous , à Paris... nous... nous...ça voilà ! voilà ! nous rigolerons, nous nous gondolerons et ce sera épatant...

PAUL

Oui oui... nous rigolerons... un ongle rose... rien qu'un... (elle tend la main que Paul baise).

KO-TSIO

Voilà Mitzu... j'ai reconnu son parfum...

PAUL

Bravo ! Bravo !

KO-TSIO

On va rigoler ! On va se gondoler...

PAUL

Ohé ! Ohé ! Ohé !

SCÈNE V

LES MÊMES, (*Mitzu arrive*)

KO-TSIO

Mitzu !

MITZU

Boris ! Où est Boris !...

PAUL

Mais vous avez l'air folle ma petite Mitzu.

BORIS (*l'étreignant*)

Vous êtes souffrante, Mitzu ?

MITZU

La guerre... la guerre... on n'attend que les trois coups de canon qui doivent annoncer officiellement au peuple la déclaration de guerre et l'ouverture des hostilités... Oh ! j'ai couru... fuyez ! (se tordant les mains de désespoir et des larmes dans la voix) Oh ! fuyez... j'apporte le malheur... cachez-vous vite... on vient... on va venir... ici... tous...

KO-TSIO

Ah ! notre cachette derrière les bambous...

MITZU

Mon père... Kamoura... l'Américain... et... l'état-major...

PAUL (*se penchant à la terrasse*)

J'entends des bruits de patrouilles... Des bataillons passent... C'est étrange... Il y a une heure Tokio était silencieux.

BORIS

Oui... la guerre... Ah ! Mitzu ! Mitzu! Ma pauvre petite Mitzu (*il étreint Mitzu*).

MITZU

Boris ! Ecoute !... Ils viennent...

KO-TSIO

Vite, cachons-nous là ! derrière les bambous... (elles disparaissent en montrant le chemin).

PAUL

Tu as ton revolver, Boris!

BORIS

Oui... Mais à quoi bon !...

SCÈNE VI

YAMATO, KAMOURA, TOM LEVIS (*qui regarde de tous les côtés*).

YAMATO

Vous cherchez quelqu'un, M. Levis.

TOM (*légèrement titubant*)

Nô, marquis Yamato. Nô... je cherche mon route.

YAMATO

La nôtre est trouvée M. Levis... c'est Port-Arthur.

TOM

Eh very vell ! Il y a du bon Champagne à l'ambassade française... bon Champagne... (Yamato lève les épaules dans un geste de mépris).

KAMOURA

Nos amis devaient être vendus, mon amiral...

TOM

Vos amis ? Aoh ! je comprenais capitaine Koumara et je vais rejoindre mon port... le port Levis... Si master Boris Metschinoff m'apercevait ce soir, en votre compagnie, il y aurait pour moi un terrible « compromicheune ».

KAMOURA

Le Russe ? Sa maison est gardée M. Levis et il n'en sortira que lorsque nous serons devant Port-Arthur.

TOM

Aoh !

YAMATO (avec *fierté*)

Cela vous étonne ?

TOM

Non, je ne m'étonne jamais, seigneur Yamato.

YAMATO

Que dites-vous de ce coup-là, citoyen américain ?

TOM (de plus en plus *ivre*)

Hum ! hum !... seigneur Yamato, cela ne me regarde pas, mais aujourd'hui le peuple est excité et comme disent les Français : quand le vin est tiré il faut le boire ; mais n'oubliez pas que qui a bu boira, et qu'au bout du fossé la culbute ah ! ah ah !...

YAMATO

N'empêche que notre tour est bien joué.

TOM

Yes ! bon comme Champagne mais pas bu comme le même. Bien joué, mais pas encore gagné.

KAMOURA

C'est très modern-style M. Levis ?

LEVIS

C'est un peu canaille, dira demain M. d'Autray le joli, le « bioutifoul » M. d'Autray.

YAMATO (froidement)

Moi, je trouve que c'est très américain, M. Tom Levis.

LEVIS

Je salue, marquis !

KAMOURA

Surtout lorsque nous aurons réédité à Port-Arthur, le coup de l'amiral Sampson à Santiago de Cuba.

YAMATO

Vous savez. Le coup de la bouteille ! Ça vous connaît, ça M. Levis (Il rit).

LEVIS

Yes ! l'embouteillage ! mais ce coup-là se fait dans l'eau...
Moâ je préférais le vin et le wisky (*il rit*)... mais ne parlez
pas si haut, M. Yamato... Il y a peut être un reporter qui
nous écoute et qui demain, annoncera le coup de la bouteille aux lecteurs du New-York-Hérald, à moins que ce ne
soit aux lecteurs du Novoïé-Vrémia. Aoh ! je savais ce que
je dis...

KAMOURA

Un reporter, ici, M. Levis ! Allons donc !

YAMATO

Depuis ce matin, les téléphones et les cablogrammes ne
marchent plus pour les journalistes M. Levis...

N'empêche que les murs ont des oreilles.

LEVIS

Aoh ! Le bouteille de Port-Arthur ne sera pas débouchée
et moâ je retirais mon observatieune, M. Yamato.

(*Cris au dehors dans le lointain* : Mort aux Russes ! Mort
aux Russes).

YAMATO

(*Ricanant*). Les reporters peuvent entendre, M. Levis.

KAMOURA

Dans trois jours Port-Arthur sera un cimetière.

YAMATO

Dans un mois la Corée sera japonaise !...

(*Cris se rapprochant :* Mort aux étrangers !... Vive le
Japon !...

(*Kamoura et Yamato, ricanent de plus belle*).

LEVIS

Aoh ! je crois que je dormirai fort mal cette nuit...

KAMOURA (*Cris : A Port-Arthur ! Mort aux Russes !*
Entendez-vous le peuple ? C'est de l'enthousiasme ! C'est
du délire...

LEVIS

Aoh ! yes !... Port-Arthur ! moa je allais tout de suite me
coucher à Port-Levis... Bonsoir gentleman.

KAMOURA

Vous ne nous souhaitez pas bonne chance ?

YAMATO

Nous partons cette nuit gentleman, vous ne trouvez rien
à nous dire !...

LEVIS

Yes ! gentleman : je vous dis : Il ne faut jamais vendre
la peau de l'ours avant de l'avoir mis par terre !... l'ours...
l'ours moscovite, gentlemen. Ah ! Ah ! Ah !

(*Mouvement de colère de Kamoura et Yamato*) (*titubant*)
pour souhaiter bonne chose il faut toaster, pour toaster il
faut boire, pour boire il faut du champagne (*sa langue s'em-
pâte de plus en plus*)... Toujours champaigne toujours

bonne santé... Pas champaigne, pas bonne santé... shake-hand ! M. Yamato (*Il secoue fortement la main de Yamato*) Shake hand ! M. Kamoura... et consommez beaucoup de charbons à la maison Tom Levis and Brothers, limited... après guerre boirons champaigne, beaucoup de champaigne, énormément de champaigne... mais aussi beaucoup de charbon, consommez beaucoup de charbon... Shake-hand M. Yamato, shake-hand ! M. Kamoura... (*Ils se serrent les mains*).

KAMOURA

Beaucoup de charbons et... beaucoup de Russes à Port-Arthur.

LEVIS (*Sortant en titubant*)

Yes... Qui vivra... verra ah ! ah ! ah !... (*Il s'en va en titubant*).

SCÈNE VII

KAMOURA, YAMATO

KAMOURA

L'Américain est ivre... mais les bouteilles de champagne ne lui font pas oublier ses sacs de charbons...
(*Au dehors les cris redoublent. Mort aux Russes !*)
YAMATO (*penché au bord de la terrasse se retourne*)
Oh ! Oh ! Oh ! (*il ricane haineusement*) Mort aux Russes ! Oh ! Oh ! Oh ! Oh ! Entends-tu Kamoura ?... Le Mikado tremblait, hier, à la pensée de faire cette guerre, sans attendre le dernier mot de la Russie ! (*cris au dehors*) mort aux Russes ! Criez ! Hurlez ! Japonais ! Les membres du Mikado ne frémiront plus comme les plumes du héron agitées par le vent du Nord ! Le Japon se réveille Kamoura ! La voix des vieux ancêtres les a arrachés au sommeil ! Dans quelques heures, dans quelques minutes peut-être résonneront dans tout le Japon, les trois coups de canon attendus par le peuple avec l'impatience féroce du tigre prêt à se jeter sur sa proie, ces trois coups de canon retentiront dans le monde entier, la vieille Europe elle même en tremblera peut-être... Une aurore glorieuse se lève ! Demain, nous aurons la Corée et la Mandchourie ! Après-demain la Chine marchera derrière nous et restaurée par nos mains nous donnera quarante millions de soldats que nos fils conduiront à l'assaut de l'Europe ! Jaunes contre Blancs ! En route, en route les guerriers ! Cuirassés, appareillez ! Fendez de vos éperons les eaux glorieuses et dans l'or du soleil, montrez vos canons fabriqués par l'Eudpe et qui vont tonner contre cette Europe exécrée... (*Cris : Mort aux Russes ! mort aux Russes !*
KAMOURA (*se penchant à la terrasse*)
C'est un bataillon qui se dirige vers la mer... L'enthou-

siasme est à son comble... des milliers et des milliers de soldats sont passés devant ta porte, marquis Yamato.

YAMATO

C'est l'heure ! D'un moment à l'autre j'attends la réponse de Yeddo et déjà je m'étonne... mon état-major devrait être ici... Tiao-Tsu, Yang-Tsou, Yang-Pio...

KAMOURA

Ils auront été retardés par les femmes...

YAMATO

On ne doit plus songer ni aux femmes ni aux enfants...

KAMOURA

Il est doux de penser à celle qu'on aime avant d'aller à la mort.

YAMATO

Quelle femme aimes-tu ?

KAMOURA

La sœur de lait de Mitzu ; la coréenne Ko-Tsio.

YAMATO

Je te la donnerai quand nous serons à Port-Arthur.

KAMOURA

Un Français la courtise.

YAMATO

Je te donnerai le Français, capitaine Kamoura...
(*A ce moment une troupe de Japonais fait irruption*).
(*Saluts militaires*).

SCÈNE VIII

LES PRÉCÉDENTS, TROIS OFFICIERS JAPONAIS

KAMOURA

Ce sont eux...

YAMATO (*désignant quelques-uns des arrivants*)
Tiao-Tsu, Yang-Pio... Tous présents ?

KAMOURA

Tous présents, mon amiral...

YAMATO

Lequel d'entre vous a été désigné par le sort pour faire sauter la poudrière de Port-Arthur au cas improbable où les Russes ne viendraient pas baiser nos genoux et rendre la place !

KAMOURA

Le sort m'a désigné, mon amiral.

YAMATO

C'est bien... dès que les canons du fort auront annoncé le signal, pas d'hésitation, pas de faiblesse, pas de retard, que nos troupes quittent immédiatement les quartiers, s'embarquent et en route !
(*Au moment où ils vont partir, un soldat japonais accourt.*)

LE SOLDAT

Amiral! amiral! un Russe est caché derrière les bambous...

TOUS (*tirant leur épée*)

Ici... où ?...

LE SOLDAT

Je l'ai vu... Il a voulu me tuer avec son revolver... Amiral !...

KOUMARA

Un Russe nous écoutait ! ! !

LE SOLDAT

Là... là ! Russe barbe blonde avec français... officiers ! par là... officiers ! officiers .

KOUMARA

Boris Metchinoff et l'ami de Ko-Tsio...

YAMATO

Qu'on les prenne et qu'on les tue...

LE SOLDAT

Ils fuient, voyez... là... officiers !... avec une femme...

KOUMARA (*levant son sabre*)

A mort ! A mort !

(*A ce moment une femme s'élance en criant : Arrêtez ! ! ! c'est Mitzu — les japonais la bousculent. Elle demeure seule face à face avec Yamato.*)

SCÈNE IX

YAMATO, MITZU

YAMATO

Mitzu ! toi Mitzu, ici... à cette heure !...

MITZU

Boris ! épargnez le mon père !...

YAMATO

Le Russe ?......

MITZU (*se retournant vers les bambous*)

Boris ! qu'on ne le tue pas... courez, mon père ! empêchez ces soldats... oh ! ces sabres ! Père ! Père !... (*elle veut se précipiter sur les traces de Boris, mais brutalement son père la retient et elle tombe à ses genoux*) de grâce, mon père...

YAMATO

Explique-toi, Mitzu... que fais-tu là...

MITZU

Oh ! ils vont le tuer...

YAMATO

Mais parle donc !... Malheureuse t'expliqueras-tu ! ! parle... (*cris de mort au Russe*).

MITZU

De grâce, mon père, épargnez-le...

2

YAMATO

Laisse le Russe aux sabres, Mitzu… (*il ricane*). Ce sera le premier dont on coupera la tête (*il ricane*) (*un coup de feu*).

MITZU

Ah ! oui… ils l'ont tué… (*elle se relève, elle crie*) Boris ! Boris ! (*elle veut se précipiter à nouveau, mais Yamato la retenant*).

YAMATO

Malheureuse !… toi, ma fille… toi, une japonaise…

MITZU

Mon père, laissez-moi… oh ! de grâce, laissez-moi !…

YAMATO

Jamais…

MITZU *saisissant son épingle, se frappe à la poitrine —* Oh ! pardon… pardon ! (*elle tombe*).

YAMATO

Mitzu ! Mon enfant… Oh ! l'épingle ! Du sang… Mitzu… Répond-moi… Parle…

MITZU

Oh ! je l'aimais tant, mon père et vous l'avez tué !… Boris… ils me l'ont tué et j'ai voulu mourir…

YAMATO

Non… ne dis pas cela… (*il se lève*) un médecin. — Kamoura, Kamoura !…

MITZU

Oh ! non, pas cet homme ici.

YAMATO

Personne… (*il se jette sur le corps de Mitzu*)… Mitzu ! ma petite Mitzu… (*il s'agenouille près d'elle et lui place la tête sur ses propres genoux*) Mon enfant.

MITZU

J'ai froid, ma vue se trouble, je meurs, mon père… je ne m'étendrais plus sur les nattes… Mourir pour celui qu'on aime, c'est encore l'aimer… reste père… ne frémis pas de colère… Je suis heureuse comme l'oiseau des bambous… Boris est mort… je ne pouvais plus vivre… Oh ! ne me regarde pas avec des yeux ardents… ne m'attriste pas… je vais au pays des dragons d'or et des fleurs bleues… Boris m'y rejoindra… Père, père, calme-toi… Ah ! j'ai mal ! j'ai mal !… Tu mettras mon corps blanc dans la robe à plumes tissées que je portais au dernier bal lorsque… Ah ! Ah ! Ah ! Boris ! Boris !… (*elle se soulève et tombe morte*).

YAMATO

Mon enfant… ma pauvre enfant… (*sanglotant, il embrasse éperdument le cadavre — silence — tableau — puis trois coups de canon espacés — au 2ᵉ coup, Yamato s'est levé brusque-*

ment, puis au 2e coup, tirant son épée...) Le signal... La guerre !... enfin la guerre !... Ah ! russes, soyez maudits, et ta mort Mitzu... je la vengerai... *(et embrassant à nouveau le cadavre étendu à ses pieds, tandis qu'au dehors, on entend les cris « Mort aux russes... Vive le Japon...)*

RIDEAU

KO-TSIO

ment, puis au 2e coup, tirant son épée...) Le signal... La guerre !... enfin la guerre !... Ah ! russes, soyez maudits, et ta mort Mitzu... je la vengerai... *(et embrassant à nouveau le cadavre étendu à ses pieds, tandis qu'au dehors, on entend les cris « Mort aux russes... Vive le Japon...)*

ACTE II

La scène représente les falaises de Liao-Ti-Chan, au fond perspective de pleine mer, à droite et à gauche rochers, un sentier rocailleux monte à droite, tandis qu'un chemin descendant du fond va rejoindre la mer en partant vers la gauche; au lever du rideau, Kamoura, recouvert d'un manteau assez ample qui dissimule son uniforme, se promène songeur de long en large, puis tout à coup s'arrêtant devant la route à droite.

SCÈNE I

KAMOURA, PUIS TOM LEVIS, WAN-KAO, 2 SOLDATS JAPONAIS

KAMOURA

Enfin ! voici du neuf... tiens, c'est master Levis...
(*Entrée de Tom Levis suivi de Wan-Kao, coolie chinois portant une valise et un panier de bouteilles amplement garni, deux soldats Japonais les escortent.*)

LEVIS

(*Le teint très enluminé, ayant toutes les allures d'un noble pochard*). Ah ! c'est vous, capitaine, enchanté de vous voir; dites donc à vos hommes de me fiche la paix, c'est pas la peine que durant trente ans les Américains se soient battus pour avoir la liberté chez eux pour qu'on semble les tenir prisonniers chez les autres.

KAMOURA

« Prisonniers » le vilain mot, cher monsieur Levis, une escorte voulez-vous dire, une escorte chargée d'accompagner tout visiteur de marque, et tout gentleman de votre rang...

LEVIS

Goddem !... la bonne parole : une escorte, je ne demande moi, comme escorte, que celle de mon fidèle Wan-Kao, de sa longue tresse et de son panier de flacons.

KA-MOURA

Vous êtes vif, gentleman, vous oubliez qu'en temps de guerre il est du devoir de toute troupe ayant quelque souci de sa sécurité de se couvrir par des éclaireurs et des postes avancés, vous avez eu la bonne fortune de rencontrer mes hommes, qui n'ont fait que leur devoir en vous accompagnant jusqu'ici, heureux hasard qui me procure le plaisir de vous voir (*faisant un geste aux deux soldats qui se retirent*) regagnez vos positions et ne laissez passer personne, dans une heure nous appareillerons pour Port-Arthur (*les soldats sortent*).

SCÈNE II

LES PRÉCÉDENTS, SAUF LES DEUX SOLDATS

LEVIS

All right, sir capitaine... dans une heure vous appareillez pour Port-Arthur, gageons que j'y serai avant vous.

KAMOURA

Je ne le crois pas.

LEVIS

J'en suis certain, mon sauf conduit est en règle, et malgré l'interdiction du Mikado de ne laisser sortir de l'île aucun étranger avant que vous n'ayez cuisiné vos petits préparatifs...

KAMOURA

Monsieur !...

LEVIS

Tout beau !... tout beau, seigneur officier, Tom Levis sait ce qu'il dit et ne porte jamais de jugement à la légère, mais au fait ces choses-là ne me regardent pas, je puis déjà m'estimer bien heureux qu'à la demande de l'ambassadeur américain on m'ait laissé partir, ce qui me permettra de prendre à Port Arthur quelques importantes commandes de charbon ; surpris comme ils le sont, Messieurs les Russes doivent se trouver à court de combustibles, et j'espère bien réaliser avec eux des affaires superbes, un navire américain vient d'obtenir la libre franchise, j'en profite et dans 48 heures j'aurai vendu aux soldats du Petit Père, des dizaines de mille tonnes de charbon.

KAMOURA

Du moins vous l'espérez... Vous êtes pratique, master Levis.

LEVIS

Américain, sir, de la maison John Levis and hothers Cie, à votre service... *(s'adressant au chinois)* et toi, fidèle adorateur de Confucius, amène ton panier, cette course m'a donné la pépie, débouche ce que tu veux mais verse moi à boire *(s'asseyant au fond sur un rocher tandis que le Chinois débouche et verse, regardant vers la droite)* tiens, l'escadre japonaise ; by god, vous n'avez pas perdu de temps, la guerre est à peine déclarée, et déjà tous vos navires sont sous pression, ravitaillés, armés, équipés, prêts à prendre la mer, votre armée toute entière est mobilisée... Oh oh ! Messieurs les Nippons, vous vous êtes donnés le beau jeu et avez eu soin d'y mettre plus d'un atout... Ah ! ah ah !... à votre santé, capitaine.

KAMOURA

(Bas à Wan Kao) Eh ! bien... les intentions de ton maître?...

WAN KAO *(craintif regardant à gauche et à droite)*

Il vous l'a dit : gagner Port-Arthur et vendre aux russes ce qui lui reste de charbon. Le diable d'Etranger veut gagner des yens, beaucoup de yens... Wan-Kao, fils du Ciel, déplore les projets de l'infidèle d'Etranger...

KAMOURA

Il a compté sans nous, il faut qu'avant une heure ton maître soit ivre-mort.

WAN-KAO

La chose sera facile : Le Fils du Ciel n'aura pas besoin de prêter le secours de son bras au diable d'Etranger, qui, de son plein gré répondra à nos désirs. (*sans parler, le Chinois va poser le panier de bouteilles à la portée de Levis, qui aussitôt saisit un flacon, se verse à boire, s'enivre insensiblement, commençant à boire au verre, puis à même la bouteille ; pendant ce jeu de scène qui doit se régler insensiblement, le dialogue suivant s'engage à voix basse entre le Chinois et le capitaine Japonais.*)

KAMOURA

Après...

WAN-KAO

Le russe et le français, ces diables d'Etrangers, sont parvenus à sortir de Yeddo, nous les avons rencontrés à quelques heures d'ici, ils ont abandonné leurs montures fourbues par une course échevelée à travers les montagnes... Le Fils du Ciel a vu les diables d'Etrangers et s'il avait eu la force, seigneur Kamoura, il leur aurait coupé la tête. Hi ! Hi ! Hi !

KAMOURA

Sais-tu de quel côté ils se dirigent !...

WAN-KAO (*mauvais et cruel, satanique*)

Ils cherchent à gagner la côte et passeront certainement par ici... Il faudra leur couper la tête, seigneur Kamoura... leur arracher les ongles des pieds, les doigts des mains, les entrailles du ventre, les yeux de la tête, hi hi ! hi !

Les faire souffrir, hi hi hi, les écorcher vifs, les brûler à petit feu et les noyer tout doucement, hi hi hi.

KA-MOURA

Et... Ko-Tsio ?...

WAN-KAO

La Coréenne ?...

KA-MOURA

Oui.

WAN-KAO

Le soleil s'était à peine levé...

TOM LEVIS

(*Chez qui l'ivresse devient de plus en plus manifeste*) Eh !... Capitaine... Vous qui avez suivi les cours des Ecoles militaires françaises, pouvez-vous me dire combien jauge de tonneaux l'escadre que voilà...

KAMOURA

Cent mille tonneaux au plus...

LEVIS

Eh bien, pouvez-vous me dire combien de temps il faudra aux Russes, pour mettre tous ces tonneaux en bouteilles ?... Ah ! ah ! ah !... (*il boit*).

KAMOURA

(*A Wan-Kao*) Eh bien parle !... Ko-Tsio ?...

WAN-KAO

Le soleil s'était à peine levé, et les pavots n'avaient pas encore entr'ouvert leurs calices de sang que Ko-Tsio avait quitté la ville...

KAMOURA

Seule ?

WAN-KAO

Seule... Hi ! Hi ! Hi !

KAMOURA

Es-tu certain de ce que tu dis ?

WAN-KAO

Que je ne repose pas dans la terre de mes ancêtres, si je te mens... Je le jure sur la tête du diable d'Etranger que nous la lui couperons, seigneur Kamoura Hi ! Hi ! Hi !... Je regarderai, oui je regarderai et bien

KAMOURA

As-tu pu savoir de quel côté elle se dirigeait ?

WAN-KAO

Elle se dirigeait vers le levant, puis au premier relai elle a brusquement filé vers la mer...

KAMOURA

Le russe...

WAN-KAO

Et le Français, seigneur, le diable de Français ! Hi ! Hi ! Hi ! Tu lui arracheras le cœur ! Hi ! Hi ! Hi ! Son cœur enflammé d'amour hi hi hi !

KAMOURA

Pourquoi dis-tu cela ?

WAN-KAO

Personne n'ignore que Ko-tsio aime éperdument le Français, et que si elle a quitté Yeddo c'est afin de le prévenir du danger qui menace les diables d'Etrangers et de leur indiquer une route sûre pour gagner les navires, qui doivent les amener, lui et le russe à Port-Arthur... Mais nous allons leur couper la tête... Hi ! Hi ! Hi ! Je regarderai. Hi ! Hi ! Hi ! et quand ils seront morts, je leur cracherai au visage, je leur arracherai la langue, hi hi hi...,

LEVIS

Hé... là... vous là... Capitaine... (*Mouvement de frayeur de Wan-Kao*).

KAMOURA

Insupportable bavard... (*à Levis*) Eh bien !...

LEVIS

Il n'y a pas à dire, le Japon a ses mousmés, mais la France a son Champagne (*il fait sauter un flacon de Champagne, qu'il boit à même, et roule ivre mort au bas du rocher sur lequel il se tenait tant bien que mal.*)

KAMOURA

(*Donne un rapide coup de sifflet*). Il ne faut pas que cet homme s'éveille sur un autre navire que le nôtre, il sait trop de choses et lorsqu'il est ivre sa langue remue trop pour que nous le laissions à la légère raconter ce qu'il a pu apprendre de nos affaires. (*Entrée de deux soldats japonais*). Transportez cet homme au canot.

SCÈNE III

LES PRÉCÉDENTS, 2 SOLDATS, KO-TSIO

KO-TSIO

(*Apparaît au haut du praticable du fond, en apercevant Kamoura et ses compagnons, elle se dissimule, tout en prêtant une oreille attentive à ce qui se dit*) Kamoura, lui !... je m'en doutais.

KAMOURA (aux soldats)

Vous m'en répondez sur votre vie, vous le confierez jusqu'à mon retour aux marins de l'équipage, et sitôt vous vous porterez à l'entrée du défilé (*désignant la gauche*) que vous apercevez là-bas, si avant que nous ayons appareillé, vous voyez arriver deux hommes, l'un grand, blond... un russe... un autre plus petit, un français... pas de merci, vous les tuerez !...

KO-TSIO

(*A part*) Grands dieux !...

KAMOURA

C'est compris ?

1er SOLDAT

C'est compris.

KAMOURA

Allez. (*Les deux soldats se saisissent de Levis, l'un par les pieds, l'autre par la tête. Au moment où ils emportent le corps inerte de Tom Levis.*

WAN-KAO

(*S'approchant d'eux, craintif*) (*à l'un des soldats*). Es tu certain, frère, que le blanc ne peut plus bouger, que l'ivresse de ses boissons fermentées, l'ait insensibilisé comme l'engourdissement de nos fumeurs d'opium... (*s'approchant il crache au visage de Tom Levis, puis le pinçant fortement de ses longs doigts crochus, grognement de Tom Levis, qui provoque la fuite précipitée de Wan-kao poltron ; sur un nouveau signe de Kamoura, les deux soldats continuent leur marche et disparaissent par le fond*).

KAMOURA

Ces deux hommes à des titres différents me sont odieux et doivent disparaître... maintenant écoute Wan-kao, lorsque nous serons en vue de Port Arthur, l'une de nos cha-

loupes traversant de nuit les lignes ennemies conduira à
terre Tom Levis et son serviteur.

WAN-KAO (*superbement poltron*)

Moi, mais vous n'y songez pas, seigneur, c'est insensé ce
que vous proposez là... Les diables d'Etrangers me coupe-
ront la tête. Oh pas cela, je suis un très humble serviteur, mais je suis si faible, je... oui... non..., je te prie... te
conjure... te supplie...

KAMOERA

Qui te dit qu'il s'agit de toi, je dis Tom Levis et son serviteur.

WAN-KAO

Mais... (*hurlant et pleurant*) ils me couperaient la tête, les
diables d'Etrangers ! Aï ! Aï ! Aï !... la tête...

KAMOERA

Noble poltron va !... Tom Levis est porteur de sauf conduit régulier, tu me donneras tes vêtements et grâce à ce
déguisement je débarquerai avec lui dans la ville russe ;
comme je m'arrangerai à ce que mon auguste maître soit
dans l'état d'ébriété qui lui est habituel il ne s'apercevera
pas du changement et sois certain qu'ayant tout intérêt à le
faire, je remplirai scrupuleusement mon service d'échanson,
une fois dans la place je saurai ce que j'ai à faire, j'ai juré
de faire sauter la poudrière où se trouvent les approvision-
nements permettant à nos ennemis de s'opposer au débar-
quement de notre flotte, avant huit jours Port-Arthur sera
entre nos mains...

KO-TSIO

(*A part*) Comment prévenir Boris...

WAN-KAO

Mais si les Japonais sont vainqueurs, la destruction de
Port-Arthur vous sera plutôt préjudiciable, d'autant plus
que dans ses arsenaux vous trouverez de quoi tenir la cam-
pagne pendant de longs mois.

KAMOERA

Oh ! j'ai prévu la chose, si la flotte japonaise est obligée
de battre en retraite devant les canons des forts, je serai
avisé de la défaite par la sirène du vaisseau-amiral qui se
fera entendre à deux reprises successives.

KO-TSIO

(*A part*)... la sirène se fera entendre à deux reprises successives...

KAMOERA

Et si la fatalité le voulait ainsi, Port-Arthur aurait vécu...
mais il est imprudent de rester plus longtemps ici...

WAN-KAO

Surtout que le soleil est bien haut, tes ennemis ne peuvent tarder... Prépare ton coupe-coupe pour leur couper le
cou... Hi ! Hi ! Hi ! Je te regarderai ! là caché derrière ce

rocher, et fait les souffrir beaucoup! (*satanique*) coupe leur le cou lentement hi hi ! en sciant !... hi hi (*imitant le grincement de la scie*) dring... dring... hi hi hi .. Oh ! je te regarderai avec plaisir !.. hi hi hi (*puis subitement craintif*) mais si ils allaient arriver...

KAMOURA

Tu as raison Wan Kao, il est préférable qu'on ne nous rencontre pas ensemble, surtout je crois que les voilà...

KO TSIO

Mon Dieu !...

WAN-KAO (*plus poltron que jamais*)

Ce sont eux, seigneur... Je te laisse... hi hi hi (*il veut se sauver*).

KAMOURA

Ne crains rien, mes hommes sont prévenus, ils n'iront pas loin... (*tous deux se dirigent vers le fond et disparaissent, Wan-Kao continuant à faire entendre son rire satanique d'homme cruel...*)

SCÈNE IV

KO-TSIO, PUIS BORIS ET PAUL

KO-TSIO

(*Dès la fin de l'entretien s'est cachée, pour reparaître tout en continuant à se dissimuler dès le départ des précédents*).

Comment les prévenir, douloureuse perplexité, si je sors de ma cachette je serai aperçue de la plage, d'un autre côté les laisser venir jusqu'ici, c'est les laisser aller à la mort...

Oh ! ce Kamoura qui froidement prépare sa vengeance ne laisse rien percer de ses intentions ni de ses sentiments, et ce Chinois, ce Chinois au masque grimaçant, jaune spectre de crime, de lâcheté et d'hypocrisie, image de cauchemar et de tuerie, démon ressuscité des lointaines et terrifiantes légendes de la Chine, avec quelle joie il se délecte à la pensée des souffrances raffinées qu'il pourrait faire subir... Oh ! non, il faut les arracher aux griffes de ces bêtes immondes, du bruit... oh hélas, ce serait il le bruit de leurs pas que déjà j'entends résonner sur le sol rocailleux... (*elle se cache*).

(*Entrée de Paul et de Boris*).

PAUL

Allons, mon vieux Boris, du nerf, encore quelques coups de jarret et nous arrivons, cela n'aura pas été sans mal... peste, nos escarpins vernis n'étaient pas faits pour courir à travers les routes bien peu macadamisées de sa jeune majesté le Mikado.

BORIS

Je t'avouerai, mon cher ami, que tout en étant bien peu poltron, je m'estimerais très heureux d'être quelques heures plus vieux et de me trouver sur le pont d'un navire quelconque de quelque nationalité soit-il, qui, à sa proue, ait flottant autre chose qu'un pavillon jaune avec boule rouge.

KO-TSIO

(*A part*) à la grâce de Dieu !... (*et courant elle se précipite du haut du praticable vers les deux étrangers*).

PAUL

Ko-tsio !... (*la recevant dans ses bras*).

BORIS

La petite Coréenne !...

KO-TSIO

Paul !... mon Paul !... oh ! mes amis... fuyez... vite... vite... une embûche là... des soldats... Kamoura.

BORIS

Kamoura !... (*Il sort son revolver*).

PAUL

Du calme, Boris...

KO-TSIO

Ne cherchez pas à vous défendre, voyez... (*et entraînant les deux hommes vers le fond, elle leur montre de loin l'escadre japonaise ancrée dans la passe*).

PAUL

Les navires japonais !

BORIS

Ah ! tonnerre !... nous sommes perdus !

KO-TSIO

Oh ! fuyez !... fuyez vite !...

PAUL

Mais toi ?...

KO-TSIO

Tout le monde ignore ma présence ici, je connais le pays, la langue... ces défilés me sont familiers, je saurai facilement regagner Jeddo... mais fuyez de grâce... Paul... mon Paul je t'en conjure !...

PAUL

Sans toi, jamais !... (*A son tour, il saisit son revolver*).

KO-TSIO

(*Eperdue*) Je t'en supplie Paul !... (*se jetant à ses genoux*). Partez, mes amis, oh ! partez !... chaque minute, chaque seconde, vous précipitent à votre perte...

PAUL

(*La relevant*) mais toi... toi !...

KO-TSIO

Partez !... partez !... à gauche un chemin... là... il vous conduira à une baie où vous trouverez deux chargeurs français... j'entends du bruit... allez... partez Boris, il y va du salut de votre pays... (*à Paul*)... de nos amours, mon Paul...

PAUL

(*La tenant enlacée*). Ma Ko-tsio !...

KO-TSIO

Vite !... vite...

BORIS

Pauvre enfant !... (*Après une dernière étreinte, Paul et Boris disparaissent à gauche*).

SCÈNE V

KO-TSIO, 2 SOLDATS, PUIS KAMOURA

KO-TSIO

Mon Dieu pourvu qu'il ne soit pas trop tard... Oh ! les voilà.

1ᵉʳ SOLDAT (*à Ko-tsio*)

Tu nous as trahis !

KO-TSIO

Que voulez-vous dire, je suis Coréenne, une Coréenne ne trahit jamais ses amis...

1ᵉʳ SOLDAT

Ne joue pas sur les mots, et ne cherche pas à nous donner le change, ces deux hommes ?
(*Arrivée de Kamoura*).

KAMOURA

(*Apercevant la jeune fille*) !...

1ᵉʳ SOLDAT

Cette femme nous a trahis.

KAMOURA

Que faites-vous ici Ko-tsio seule !... Vous ne répondez pas... est-ce vrai ce que cet homme dit, avez-vous oublié l'accueil de cette terre qui toujours vous fut hospitalière, l'amitié que vous avez vouée à ces êtres abhorrés que l'Occident nous envoie a-t-elle pu de la sorte vous faire oublier les lois les plus élémentaires de la reconnaissance (*se rapprochant de Ko-tsio, et bas lui, lui prenant la main, rageur*) est-ce vrai Ko-tsio, que tu aimes ce Français, ami et allié de notre adversaire, est-ce vrai que tu aurais donné ton cœur à cet infidèle, à ces maudits qui, sous prétexte de civilisation, viennent implanter chez nous une religion exécrée pour mieux détruire notre race... mais parle... parle donc...

KO-TSIO

Seigneur Kamoura, Ko-tsio la Coréenne est votre très humble servante, elle aime Paul d'Artray et pourquoi de cet amour voulez-vous faire un crime ?...

KAMOURA

Tu aimes Paul d'Artray dis-tu ? eh bien je te veux, Ko-tsio, tu comprends, je te veux toute, il y a trop longtemps que je souffre de cet amour, de cette passion qui me mine, qui me ronge, il faut que tu sois à moi, rien qu'à moi, et dussé-je t'immoler à cet amour, dussé-je arracher de ton corps de vierge ton cœur pour l'offrir pantelant sur l'autel de Bouddha, il faut que tu sois mienne.

KO-TSIO

Jamais !... Tes ancêtres ont asservi la Corée, tes ancêtres ont massacré les miens ! La Corée ne veut pas être japonaise et, au nom de ceux de ma race, je te maudis toi et les tiens.

KAMOURA

Ko-tsio !

KOTSIO

Jamais ! Jamais ! Jamais !

KAMOURA

Oh ! malheur à toi !... je te veux (*Il se précipite sur Ko-tsio, qu'il enlève*) aux embarcations !... (*et emportant Ko-tsio il disparaît par le fond suivi et précédé de ses soldats*).

KO-TSIO

A moi... au secours !... Paul !... Boris... à moi (*elle disparaît emportée*).

SCÈNE VI

PAUL ET BORIS

(*Paul et Boris se précipitant*)

PAUL

Ko-tsio !... Ko-tsio !...

BORIS

(*Se précipite vers le fond*). Ah ! le lâche !... le lâche !... (*il fait feu avec son revolver*)

LA VOIX DE KO-TSIO

(*Dans les coulisses*) Port-Arthur !... La Poudrière !... Paul !... à moi !... à moi !...

PAUL

(*Fait feu à son tour*) Ah ! canaille !!... (*Tombant désespéré sur le rocher du fond*) la pauvre enfant !...

BORIS

Les voilà hors de portée... ils accostent le cuirassé... qui n'attendait que ce signal pour gagner le large... Oh ! peuple de duplicité et d'hypocrisie !!... Paul d'Autray, du courage, rien ne sert de se laisser abattre, les mots que Ko-tsio nous a jetés dans son affollement doivent être pour nous un avertissement et une indication, c'est vers Port-Arthur qu'il faut nous diriger, c'est de ce côté que file l'escadre ennemie, la pauvre enfant a dû surprendre quelque secret, le mot « Poudrière » reste pour moi un énigme dont il importe d'avoir la solution, ne tardons pas plus longtemps, c'est de ce côté que doivent tendre tous nos efforts, car si de ce côté est pour moi le salut et la patrie, pour toi c'est là que peut encore se trouver l'espérance !... relève-toi, Paul d'Autray, tu as été pour moi le compagnon d'infortune dans ces jours de détresse, la fatalité aujourd'hui te frappe dans tes affections, Ko-tsio est perdue peut-être, mais je t'offre mon bras pour la venger...

PAUL

(*Se relevant et prenant les mains de son compagnon*) Merci... Boris... merci ! que notre mot d'ordre soit...

BORIS

A la vie à la mort !

PAUL

Oui... Ami... à la vie à la mort ! !...

(*et pendant une dernière étreinte*).

RIDEAU

ACTE III

À PORT-ARTHUR. — LA POUDRIÈRE

La scène représente l'intérieur de la Poudrière de Port-Arthur, décor
« ad libitum » au gré des impresarii, soit rustique, soit prison, soit
même simplement murs blanchis à la chaux, quelques barils amon-
celés pour mieux corser le tableau, obus rangés symétriquement,
boulets en pile, etc, etc. au lever du rideau Tom Levis, ivre mort,
est couché à terre appuyé contre un tonneau côté gauche de la scène,
une bouteille à moitié pleine entre les jambes, une autre à ses côtés,
cinq bouteilles autour de lui, demi-jour, au loin on entend la canonnade des navires japonais bombardant Port-Arthur, tandis que les
canons plus rapprochés des Russes y répondent vigoureusement —
petit à petit la canonnade diminue,

SCÈNE I

KAMOURA ET TOM LEVIS

KAMOURA

(*Habillé, des vêtements que portait Wan-Kao au 2ᵉ acte, un
falot allumé à ses pieds, écoute les bruits du dehors*).

Le soleil déjà est à son déclin et toujours rien...! la canonnade dure depuis ce matin et enfermé dans ces casemates
dont il serait imprudent de sortir je ne sais de quel côté se
dessine la victoire ; à la faveur des ténèbres de la nuit il
nous a été assez facile d'aborder et grâce à l'attaque inatten-
due de nos cuirassés la garnison tout entière s'est portée
vers la côte, et profitant du désarroi général nous avons pu
pénétrer jusqu'ici.

TOM LEVIS

(*Affreusement ivre, la langue pâteuse, dodelinant de la tête
a quelque peine à se faire comprendre — coups de canon —*)
By-God, c'est donc fête par ici que l'on débouche tant de
flacons de champagne... Wan-Kao !... Wan-Kao !... eh bien
quoi... où est il passé ce fameux empoisonneur, suppôt de
l'enfer.

KAMOURA

Voilà, maître, qu'y a-t-il à votre service ?

TOM LEVIS

Goddem... Tu es donc enrhumé que ta voix est devenue
si grave... verse-moi à boire... verse... aimable compagnon
de voyage, digne enfant de l'Empire du milieu et... que...
le diable t'emporte... (*Kamoura s'approche et remplit le go-
det que Tom Levis a à la main et qu'il vide d'un trait*)...Oui,
que le diable t'emporte et... moi aussi... si je me reconnais,
sommes-nous au Japon... en Corée... en Russie... ou au
Congo... tu ne réponds pas...

KAMOURA

(*A part — Insupportable bavard*) (*versant à bord*) buvez maître.

TOM LEVIS

Oui, c'est ça, buvons... je bois... je bois, je te laisse à toi ton eau chaude faite de thé noir ou vert... je bois mais ça ne me dit pas si c'est la nuit ou bien le jour... le soir ou le matin, si je suis dans un salon, dans une cour, ou dans un grenier... (*tâtant autour de lui*) ma couchette est bien dure... et mes draps sont bien froids... (*tâtant de la main le baril sur lequel repose sa tête*) by god... un tonneau... une futaille... ah ! ah ! ah !... j'y suis au ciel... je suis au paradis... vin, bière, liqueur...

KAMOURA

(*A part*) mais se taira-t-il... si une patrouille venait à passer de ce côté (*lui glissant une bouteille dans les mains*) bois maître.

TOM LEVIS (*l'ivresse s'accentue de plus en plus*)

Oui... je bois... je suis au paradis... Tom Levis est au ciel... (*canonnade au loin*) et la musique sacrée des bouteilles de champagnes chante autour de lui, ah ! ah ! ah !... le paradis des buveurs !... (*et dans un dernier éclat de rire et un dernier hoquet il roule sur le dos*)

KAMOURA

(*Méprisant*) Etre brutal... sans cœur et sans souci !... sac d'argent et outre à liquide !... (*le poussant du pied tandis que Levis fait entendre un grognement*) et c'est toi qui parle de civilisation, toi qui viendrais l'implanter chez nous, et t'y imposer à l'aide de ton progrès, de tes discours et de tes armes, et sous prétexte d'éducation n'apporterais à nos enfants que tes vices, l'oubli de leur dignité et leur avilissement... on ne voudrait avoir pour toi que de la haine et du mépris, mais malgré tout ta force et ton intelligence te font encore craindre, et tout fidèle adorateur à Bouddha, aspire au moment propice où l'Asie toute entière envahira l'Europe de ses cohortes et à son tour y dominera victorieuse... (*un instant il va écouter à la fenêtre, au dehors le bruit de la canonnade se fait de plus en plus rare*) revenant et introduisant une longue mèche dans le baril contre lequel repose l'Américain.

Tom Levis, ivre-mort repose inconscient, ignorant qu'il dort sur des centaines de kilos de poudre et qu'une seule étincelle peut suffire à détruire des milliers d'existances... Si le sort veut que notre flotte soit obligée de se retirer, le signal convenu me dira si la poudrière doit sauter, la mèche introduite dans ce baril de poudre déterminera l'explosion... Ah !... Le bruit de la canonnade se fait de plus en plus rare dans le lointain, l'Européen serait-il vainqueur ? Du bruit...

cachons nous... Ah ! malheur si je suis découvert (*Il se dissimule tant bien que mal derrière une pile de tonneaux*).

SCÈNE II

LES PRÉCÉDENTS, PAUL, BORIS

PAUL

Amis Boris, est-ce que tu te reconnais dans cette galère, quant à moi c'est la première fois de ma vie que je débarque à Port-Arthur.

KAMOURA

Le Français !...

BORIS

De la lumière, ici au milieu de ces barils de poudre, d'Autray. Ah ! nous avons bien fait d'écouter l'avertissement de cette pauvre Ko-Tsio ! !...

PAUL

(*Qui va tâtonant de droite et de gauche apercevant Tom Levis*) un homme... un homme couché-là... (*et secouant Tom Levis*) eh l'ami !... vous dormez (*Tom Levis fait entendre un grognement, rapprochant le falot*) Oh ! la bonne surprise, c'est Tom Levis, mais comment diable est-il ici ?... Nous savons qu'il y a un dieu pour les ivrognes, mais ce dieu rend actuellement aux russes un bien mauvais service il suffirait de la moindre imprudence de ce Yankée pochard, pour faire sauter tout Port-Arthur et ouvrir tout le continent aux armées du Mikado.

KAMOURA

(*Se montre brusquement, un revolver à la main*) Tu l'as dit, Français, et aujourd'hui le continent jaune sera ouvert à ses partisans et Port-Arthur ne sera plus qu'un tombeau.

PAUL

(*À la vue de Kamoura, Boris et Paul se sont rejetés en arrière tandis que le capitaine Japonais s'est rapproché du baril à la mèche — le français et le russe ont sorti de leur côté le revolver passé à leur ceinture et se tournant du côté opposé à la porte*)

PAUL

Kamoura !...

BORIS

Le capitaine Japonais !...

PAUL

Oh ! toi ici... enfin... je vais pouvoir me venger, venger Ko-tsio... (*Il fait un pas en avant*).

KAMOURA

Pas un cri !... (*braquant son revolver sur le tonneau de poudre qui est à ses pieds*) si vous faites le moindre mouvement je fais feu et je provoque l'explosion ; que m'importe la vie à moi, volontiers je l'offre en échange pour l'anéantissement de vos races maudites ; qu'importe la vie, si ma

mort peut assurer le succès des miens, Bouddha saura m'en
tenir compte et me récompenser en conduisant les hordes
jaunes à l'assaut des villes européennes, il faut que les sa
bots de nos chevaux, les roues de nos canons dégoutant du
sang des infidèles, creusent de rougeâtres sillons dans
l'Europe tout entière et culbutent dans la fange et la boue
votre Christ maudit pour n'y laisser resplendir que l'image
de Bouddha triomphant...

BORIS

(*Le mettant en joue*). Vipère !... tu vas mourir !

KAMOURA

Tire, si tu l'oses, esclave du Tzar, tu hâteras la perte des
tiens, le moindre coup de feu dans ces casemates sera la
ruine de la ville.

PAUL

Tu as tout prévu, brigand, mais recommande-toi à tes
grimaçants magots, car je vais t'égrangler comme une bête
malfaisante !... (*Il fait quelques pas*).

KAMOURA

Un pas de plus, je tire...

PAUL

Malheur !... (*On entend au loin se répétant par deux fois le
son rauque d'une sirène*).

KAMOURA (*satanique*)

Le signal !... Ah ! ah !... le signal !... vos hommes sont
dans l'allégresse, seigneur Boris Metchinoff... mais leur joie
sera de courte durée, dans une heure Port Arthur ne sera
plus qu'un amas de décombres fumants et dans quelques
instants tes soldats qui en ce moment crient « victoire »
chanteront plus mollement... Et toi, Paul d'Autray, toi qui
m'a volé l'amour de Ko-tsio, la Coréenne... vois... tiens
voici ma vengeance : j'ai jurer de faire sauter Port-Arthur,
j'ai juré de faire périr jusqu'au dernier, les étrangers qui
y grouillent, je tiens mon serment... (*et approchant son falot il met le feu à la mèche qui lentement se consume*).

PAUL

Ah ! tu mourras de ma main ! (*il veut se précipiter, mais
sur un nouveau geste de Kamoura de tirer au milieu du baril
de poudre, Boris le retient*).

KAMOURA

En supplice comme en vengeance l'art ne consiste pas à
tuer beaucoup, mais à savoir tuer selon les rites de beauté
dont nous autres asiatiques connaissons seuls le secret
divin ah ah ah !

BORIS

Ah ! homme traître et cruel...

KAMOURA

(*D'un rire satanique*) Ah ! ah ! Vois Paul d'Autray... Vois
Boris Mestchinoff cette mèche qui se tord sous l'étincelle

qui lentement la consume... c'est la mort qui doucement
s'approche, c'est notre mort à nous, c'est la mort des tiens;
dans un instant Ko-tsio, Ko tsio la Coréenne, celle qui t'aime
pleurera son doux amant ah ah !... vois... encore l'indé-
finissable plaisir que cette vengeance. Vous allez périr dans
des accès de rage, moi je mourrai dans la volupté... Ah !
ah ! ah !...

BORIS

Du moins tu mourras vaincu... l'attaque des tiens a été
repoussée et cela seul importe...

PAUL

Mais tue donc cet homme, Boris...

KAMOURA

Tiens regarde, le feu déjà grimpe le long du baril, je
meurs avec vous,... mais je meurs heureux... La mort !
ah ! ah ! ah !... *(et dans un dernier rictus il jette au loin son
revolver, lorsque brusquement Ko tsio fait irruption sur la
scène suivi d'un groupe de soldats russes, l'un portant un
falot — grand jour — elle se précipite sur la mèche qu'elle
arrache et jette au loin, tandis que les soldats s'emparent de
Kamoura et que Tom Levis se frottant les yeux, abruti, aba-
sourdi, regarde hébété et sans mot dire à gauche et à droite
ce qui se passe autour de lui).*

SCÈNE III

LES PRÉCÉDENTS, KO-TSIO, LE COMMANDANT RUSSE, SOLDATS

BORIS ET PAUL

Ko-Tsio !...

KAMOURA

Malédiction !... La Coréenne !... *(il veut se précipiter, mais
les soldats le retiennent).*

KO-TSIO

(Se précipitant dans les bras du Français) Paul !...

BORIS

Mon enfant.

KO-TSIO

Ah ! Monsieur Boris, *(doucement elle lui présente son
front, où Boris dépose un baiser).*

TOM LEVIS

Qu'est-ce que tous ces gens qui envahissent ma chambre
à coucher ?... *(se frottant les yeux)* Je rêve donc encore ?...

KAMOURA

Sois maudite, Ko-Tsio, sois maudite toi qui, reniant la foi
de tes pères, n'a pas craint de t'unir à l'étranger pour violer
et souiller la terre où reposent tes ancêtres, sois maudite
femme sans patrie que la colère de Bouddha s'acharne sur
ta race, sois châtiée jusque dans tes rejetons et que sur toi
s'appesantissent les fléaux et les maux les plus atroces !...

KO-TSIO

(Dans les bras de Paul). J'ai peur !...

PAUL

Ne crains rien, ma Ko-Tsio, cet homme maintenant est incapable de nuire.

BORIS

Emmenez le !...

LE COMMANDANT

Qu'on applique le châtiment réservé aux traîtres et aux espions.

LEVIS

Brrr !.. mais je rêve donc toujours... c'est un cauchemar... un vilain cauchemar (*se frottant les yeux*). Je raconterai demain au Capitaine Kamoura que j'ai rêvé qu'il était habillé comme Wan-Kao, le Chinois, et qu'on voulait le fusiller. (*Il se recouche*).

KAMOURA

Que m'importe la mort si je suis vengé !...

LE COMMANDANT RUSSE

Allez !... (*les soldats russes sortent entraînant Kamoura*).

SCÈNE IV

BORIS, PAUL, KO-TSIO, TOM LEVIS, LE COMMANDANT

PAUL

Ma Ko-Tsio, oh ! merci, ma Ko-Tsio, je te dois la vie !...

KO-TSIO

J'avais juré de mourir si tu mourais, la fleur peut-elle encore s'épanouir loin du soleil qui la fait vivre, l'amante peut-elle encore soupirer lorsque celui qu'elle aime est allé rejoindre les mânes de ses ancêtres, c'est le 17ᵉ printemps que je vois fleuri, c'est être bien jeune encore, mais l'amour avait armé mon bras d'une énergie et d'un courage qui m'ont fait affronter mille morts afin de te retrouver mon Paul... mon adoré.

PAUL

Ko-Tsio ! Chère petite fleur parfumée !

BORIS

Mais, mon enfant, comment avez vous fait pour arriver jusqu'à nous ?

KO-TSIO

Le hasard, mes amis, ce hasard est-il votre Dieu ou notre Bouddha, mais c'est lui seul qui aujourd'hui nous sauve, c'est lui qui sur les falaises de Liao-Ti-Chan m'a fait surprendre les noirs desseins de Kamoura, c'est lui qui m'a fait amener par le traître à bord du cuirassé, c'est encore lui qui a guidé le tir de vos canons et a fait que dès le commencement du combat notre navire criblé de boulets s'est englouti dans les flots et j'ai été recueillie par une une embarcation russe envoyée au secours des naufragés... Mon premier cri a été « A la Poudrière ».

LE COMMANDANT

Je ne pouvais croire à une telle hardiesse de nos ennemis, mais en présence des détails si précis que cette enfant me donnait je me suis précipité jusqu'ici à la tête de mes hommes... (*on entend un feu de salve, Tom Levis se mettant brusquement sur son séant*).

BORIS

Ces coups de feu !...

LE COMMANDANT

(*Se découvrant*) Le capitaine Kamoura vient de payer sa dette à la Russie... (*tous se découvrent*).

TOM LEVIS

Aoh, Tom Levis... ne dormait pas... ce n'était pas un rêve... c'est un simple émotionne à conséquence. (*Prenant son calepin et écrivant*) Le 8 février 1904, enfermé dans poudrière Port-Arthur après avoir bu (*comptant les bouteilles qui se trouvent par terre*) 6 bouteilles Champagne, réveillé par soldats russes. Conséquence : pour Capitaine Kamoura, exécutionne. Pour moi : presque explosionne... (*remettant son calepin et se levant*). Hip Hip Hourrah, Vive la Russie.

BORIS

Ah ! voilà Tom Levis sur pied.

PAUL

Ce sacré Yankee, il est épatant (*poignée de mains*).

TOM LEVIS

J'étais un peu... un peu... comment dirai-je, sir d'Autray... un peu paf yes paf, comme vous dites si bien en français, j'avais un peu perdu de ma respectabilité, de ma considération... mais je ne boirai plus, master d'Autray, je ne boirai plus jamais... aussitôt rentré en Amérique je me fais inscrire dans une société de tempérance.

BORIS

Mais en attendant votre retour au pays...

TOM LEVIS

Oh ! je boirai un peu... mais pas beaucoup, assez pour ne pas perdre ma considération...

PAUL (*riant*)

Ni votre équilibre.

TOM LEVIS

Yes...

LE COMMANDANT

Mes amis nous sommes au début de la guerre, que nous réservera-t-elle demain, je l'ignore... Cette fois-ci la Fortune nous a favorisé ; malgré la brusquerie de l'attaque de nos adversaires dont toute la flotte s'était dirigée contre notre port, nous sommes sortis vainqueurs, sachons faire notre devoir jusqu'au bout et s'il faut mourir, sachons aussi mourir, pour la Patrie et pour le Tzar (*on entend en sourdine l'hymne russe*).

TOUS

(*Se découvrant*). Pour la Patrie et pour le Tzar ! ! !

RIDEAU

ACTE IV
A LA RUSSIE!... A LA FRANCE!...

Petites tables, verres, bouteilles de madère. L'appartement est bril-
lamment illuminé. Au fond, fenêtre donnant sur la mer. Au
premier plan, Tom Levis assis devant une bouteille de champagne à moitié vide, Georgevitch debout en costume d'ordon-
nance, achève les préparatifs du vin d'honneur.

SCÈNE I

TOM LEVIS, GEORGEVITCH

TOM LEVIS

Continuez, M. Georgevitch, continuez! Il est cinq heures
de l'après-midi et depuis deux heures, je bois du champagne
pour repousser mon émotion. Les bouchons de champagne
sont de fameux obus lorsqu'on veut attaquer les fort de la
mélancolie... All Rigth (*il boit*) Je me torpille... Ah! quelle
nuit! quelle nuit!... Et l'affaire de la poudrière!... Et ce
brigand de Kamoura!... Ah! la... la... la... my god!

GEORGEVITCH

Le brigand de Japonais a maintenant six balles dans sa
vilaine carcasse jaune, M. Levis, mais il est moins à plain-
dre que notre pauvre *Rievitsan* qui a trois torpilles et dix
obus dans le ventre... Et le pauvre *Cesarevitch*, couché sur
le flanc, lui aussi! c'est égal, les Jaunes paieront la casse et
on en couchera aussi des milliers et des milliers sur le flanc
pour venger nos deux cuirassés!...

TOM LEVIS

Yes! Yes! on couchera sur le flanc des milliers et des
milliers de Kamoura... (*il boit*).

GEORGEVITCH

Enfin! notre petit père le tzar Nicolas sera content... Les
Japonais ne nous ont pas surpris deux fois et, ce matin, le
Retvisan et le *Cesarevitch* tout malades qu'ils étaient, les
pauvres navires, ont rudement joué leur partie de musique
avec les canons des forts!

TOM LEVIS

Yes! Yes! c'était un beau spectacle! c'était une magni-
fique attraction (*il boit*).

GEORGEVITCH

Vous avez vu? Immobiles, embossés dans la passe, ils
faisaient feu de leurs grosses pièces d'arrière...

TOM LEVIS

Yes! Yes! J'ai vu ça moi...

GEORGEVITCH

Vous vous rappelez? à un moment, un torpilleur japonais a fait le plongeon à la façon d'un vilain oiseau de
proie...

TOM LEVIS
Yes ! Yes !... C'était ma-gni-fi-que (*il boit*).

GEORGEVITCH
Et les canons du fort ! En ont-ils fait une fanfare de tous les diables ! Ça grondait, ça craquait, ça crépitait, ça éclatait, ça détonnait... Les obus sifflaient, s'abattaient dans la mer, pleuvaient sur les brigands jaunes...

LEVIS
Yes ! Yes !...

GEORGEVITCH
Vous étiez là, avec nos artilleurs, M. Levis et le général vous a joliment complimenté de votre sang-froid... A chaque obus qui passait à deux mètres au-dessus de nous, vous disiez: Aoh ! Aoh !... Et vous n'aviez pas l'air de vous ennuyer pour la moitié d'un rouble... Et cependant des canonniers ont été tués à vos côtés...

LEVIS
C'est une erreur, une colossale erreur... Je m'ennuyais beaucoup M. Georgevitch... Depuis l'affaire de la poudrière je n'avais bu ni champagne ni whisky... Yes... (*il boit*).

GEORGEVITCH
Vous êtes un joyeux compagnon !...

LEVIS
Yes... (*il se vide à boire*).

GEORGEVITCH (*regardant par la fenêtre*)
Ah ! nos officiers se dirigent vers le mess pour prendre part au vin d'honneur qu'offre le général... Eux aussi, n'ont bu ni champagne ni whisky, mais ils ne songeaient qu'à la bouteille japonaise de l'amiral Togo...

LEVIS (*se levant titubant*)
Je bois... Je bois... yes... je bois aux vaillants officiers... yes... de la marine russe... (*il boit*) yes...

GEORGEVITCH
Mais attendez un moment... réservez le toast pour tout à l'heure...

LEVIS
Nô... Nô... J'étais pressé... votre main M. Georgevitch... yes... (*il lui serre la main*) Shake-Hand ! Yes !...

GEORGEVITCH
Ce brave Yankee s'est décidément torpillé pour de bon... Voici les officiers... Placez-vous dans ce coin, mon cher M. Levis... vite... vite...

LEVIS (*s'affalant dans un coin sur une chaise*)
Yes ! Yes...

SCÈNE II

ENTRENT LES OFFICIERS RUSSES ENTOURANT LE GÉNÉRAL. — GEORGEVITCH EMPLIT LES VERRES DE MADÈRE

LE GÉNÉRAL
Mes enfants, après la rude bataille de cette nuit, j'ai

considéré comme un patriotique devoir de vous réunir
durant quelques minutes, pour vous dire que vous avez
tous bien mérité de la Russie et du Tzar ! La flotte et la
garnison de Port-Arthur ont eu le périlleux honneur de
subir les premiers chocs de cette guerre que la Russie ne
voulait pas et malgré la traîtrise avec laquelle le coup a été
porté, nous devons remercier les Japonais d'avoir choisi le
drapeau russe de Port-Arthur comme première cible.

TOUS

Vive le Tzar ! Vive la Russie !

LE GÉNÉRAL

La première attaque de Port-Arthur eût pu se terminer
par une effroyable catastrophe ! La volonté de Dieu et la
bravoure des soldats russes ont conjuré le péril... La
seconde attaque, celle de cette nuit a été glorieuse pour nos
armées... L'ennemi a été repoussé et a, sans aucun doute,
subi des pertes douloureuses... Messieurs, ou plutôt, mes
chers enfants, je lève mon verre aux braves gens du
Cesarevitch et du Revitsan, nos glorieux cuirassés dont les
noms appartiennent désormais à l'Histoire ! Je lève mon
verre aux officiers et aux soldats des forts qui, impassibles
sous la grêle de fer qui tombait autour d'eux ont vaillamment
accompli leur devoir ! Je lève enfin mon verre au
Tzar, notre père, et à la sainte Russie !

TOUS

Vive le Tzar ! Vive la Russie ! Hourrah ! Hourrah !

BORIS

Mon général, permettez-moi de vous présenter le représentant
de la France à Tokio, mon ami, Paul d'Autray qui,
pendant tout le combat, est resté au milieu de nous, à la
batterie...

LE GÉNÉRAL

M. d'Autray, l'on m'a déjà parlé de vous et l'on m'a
signalé votre courageuse conduite. Je vous remercie d'avoir
partagé nos dangers tout en vous reprochant de vous être
si terriblement exposé...

D'AUTRAY

Mon général, les minutes que je viens de passer aux
côtés de vos vaillants soldats sont des minutes inoubliables.
J'ai été fier d'admirer l'héroïsme des enfants de la nation
amie et alliée et je serai encore plus fier de raconter à mes
frères de France, les belles actions dont j'ai été le témoin.

SCÈNE III

LES MÊMES... UN OFFICIER...

L'OFFICIER

Mon général, la flotte japonaise croise à six milles au
large de Port-Arthur... La mer tout là-bas, est sillonnée de
points noirs...

LE GÉNÉRAL

Ah ! Togo veut sans doute que les canons des forts le
saluent à nouveau !

L'OFFICIER

Avec la lorgnette... Vous apercevrez distinctement la flot-
tille des Nippons... Plusieurs de leurs torpilleurs battent de
l'aile, m'a-t-il semblé...

LE GÉNÉRAL

Excusez-moi, Messieurs, j'ai hâte de savoir en quel état
se trouvent les bateaux qui, ce matin, ont fait la connais-
sance de nos obus...
(Il sort, suivi de deux officiers).

SCÈNE IV

*(Levis se réveille peu à peu... regarde l'assistance...il prend
un bloc-notes et un crayon dans la poche intérieure de son
veston et s'avance).*

TOM LEVIS

Gentlemen !... Tom Levis de la maison Levis and Brothers, company limited — Je suis vendeur de charbon pour
la flotte russe.

PAUL

Oh ! tiens, ce bon monsieur Levis, à l'état extraordinaire :
sain de corps et d'esprit.

LEVIS

Sir officier, je suis vendeur charbon américain : gras,
maigre, tout venant, criblé, gros, boulet, tête de moineau,
menu, à votre service *(saisissant une coupe de champagne
sur la table)* vous permettez !... *(il la vide d'un trait).*

LE CAPITAINE

Mais, monsieur, les offres de service de ce genre...

TOM LEVIS

Pardon, excuse... *(vidant une nouvelle coupe de champagne)* vous permettez... pouvoir calorique extraordinaire,
charbon réputé pour la navigation et l'industrie, économies
de temps et d'argent, fournisseur des marines anglaises,
américaines, allemandes, chinoises, japonaises...

TOUS

Oh! Oh !

TOM LEVIS

Yes, japonaise, et... russe je l'espère... à votre service,
gentlemen... *(revidant une autre coupe)* vous permettez...
(petit à petit il s'énivre à nouveau).

PAUL

Ce bon monsieur Levis !... il est épatant.

BORIS

Mais d'où diable sortez-vous, et comment avez-vous tra-
versé l'eau...

LEVIS

L'eau... pouah !... ne parlez pas de cette vilaine chose, j'en ai horreur (*même manège*) vous permettez...

PAUL

Parbleu ! qu'est-ce que l'on ne permettrait pas aux américains...?

BORIS

Surtout quand comme vous on a su se dévouer, car après tout rien ne vous obligeait à vous comporter comme vous l'avez fait, et le service que vous avez rendu aux batteries, où vous avez secondé et remplacé même le servant hors de combat, n'ont pas été sans être d'une grande utilité.

LEVIS

Pardon excuse, pas besoin de me remercier, c'était pour moi un émotionne à conséquence (*prenant son calepin*). Le 7 février 1904, Port-Arthur bombardé par flotte japonaise. regret avoir secondé plan traître Kamoura, prêté concours à individu à artillerie russe : conséquence (*montrant son œil au beurre noir*) tampon, félicitation, satisfactionne et vente charbonne.

TOUS

Bravo ! Bravo...

BORIS

Quant au charbon... Je ne veux pas faire de chagrin à ce bon M. Levis... nous pouvons le mettre hors de cause.

LEVIS

Yes... Shake-hand, M. Boris (*il lui serra la main*).

SCÈNE V

(*Les mêmes — Le général revenant ayant Kot-Sio à son bras*)

LE GÉNÉRAL

Messieurs, je vous ramène une délicieuse conquête... Mlle Kotsio (*regardant Paul et Boris*) qui, je le sais n'est pas une inconnue pour tout le monde ici : Kot-Sio une des fleurs du paradis Coréen et une sincère amie de la Russie.

BORIS (*levant son verre*)

A Ko-Tsio la jolie ! A la Corée libre et alliée de la Russie !

TOUS

A Ko-Tsio ! A la Corée !

SCÈNE VI

Les mêmes : Georgevitch arrive avec deux plis

LE GÉNÉRAL (*après un temps de silence*)

Rassurez-vous mes enfants, ce n'est pas la nouvelle d'un retour offensif des Japonais... et si cela était, je suis sûr que l'annonce vous en serait agréable... Je viens de voir dans les bleus lointains, l'escadre de Togo et l'ennemi a lui aussi, des vaisseaux blessés à mettre à l'hôpital *(il rit)*... Ce sont des nouvelles de Russie et de France.

D'AUTRAY

Des nouvelles de France !

LE GÉNÉRAL *(lisant)*

République française. — *Ministère des affaires étrangères.* M. Paul d'Autray, attaché d'ambassade à Yeddo, viâ Port-Arthur... Cela vous concerne M. d'Autray.

PAUL

Merci, mon général... *(il lit rapidement)*. Mon général, M. Delcassé que j'avais informé, par chiffre secret, de mon départ de Yeddo pour Port-Arthur, me rappelle à Paris...

LE GÉNÉRAL *(à Ko-Tsio)*

Vous frissonnez, ma chère enfant... Ah ! les amoureux... M. d'Autray, je remets entre vos bras votre petite amie...

KO-TSIO *(se jetant dans ses bras)*

Ah ! mon aimé ! mon cher aimé !

PAUL

Ma Ko-Tsio... Ma petite Ko-Tsio ! *(ils vont tous les deux au fond de la salle).*

LE GÉNÉRAL *(se tournant vers Boris)*

M. Boris Metchinoff... voici une communication officielle qui vous intéresse *(lisant)*. Par ordre de Sa Majesté Impériale Nicolas II, empereur de toutes les Russies *(tout le monde se découvre)* les relations diplomatiques étant rompues avec le Japon, M. Boris Metchinoff est nommé secrétaire auprès de l'ambassadeur à Paris.

PAUL

Boris, nommé à Paris ! Bravo ! Tu as entendu Ko-Tsio ?

KO-TSIO

Hélas !

LE GÉNÉRAL

M. d'Autray, il vous faut consoler cette enfant... la rosée du matin et non la rosée des larmes doit humecter ses yeux de velours...

BORIS *(à part)*

Mitzu ! Mitzu !

PAUL *(gravement)*

Mon général, je ne vous quitterai pas sans vous présenter la future baronne Ko-Tsio d'Autray qui me suivra à Paris...

KO-TSIO *(se jetant au cou de Paul)*

Je t'adore, mon aimé !

LE COMMANDANT

Baronne, la petite Coréenne !

PAUL

Oui, la petite Coréenne, qui, malgré ses dix-sept printemps, a su si bellement incarner l'âme de la Corée et qui, mon général le sait, nous a tous sauvés d'une épouvantable catastrophe au moment où le Japonais maudit se dis posait à faire sauter la poudrière. (*Le général serre Ko-Tsio dans ses bras*). Messieurs, la guerre ne s'éternisera pas... c'est à Paris que le baron et la baronne d'Autray vous invitent...

LE GÉNÉRAL

Mes chers enfants, j'accepte votre amicale invitation mais vous êtes encore mes hôtes. La route de Paris ne sera libre que lorsque les Jaunes auront été définitivement battus... Messieurs, restons unis, sachons faire notre devoir jusqu'au bout. (*A d'Autray*). Mes frères d'armes, monsieur, ne vous remercient pas moins, l'hospitalité française est chez nous proverbiale et soyez certain que largement nous nous ferons un plaisir d'en profiter...

PAUL

Merci, mon général, de vos bonnes et encourageantes paroles et à mon tour je lève mon verre à la Russie.

BORIS

Et à la France.

TOUS

Oui, oui à la Russie et à la France... (*les coupes se choquent et le rideau se lève sur un formidable hep hip hourrah poussé par Tom Levis !*)

RIDEAU.

Imprimerie
Paul SCHEFFER

Impressions d'Œuvres Dramatiques

La Société d'Auteurs *l'ART DRAMATIQUE* recommande à ses adhérents l'excellente maison d'imprimerie

PAUL SCHEFFER

90, Rue Stanislas, à Nancy

Depuis la création de la Société, toutes les pièces en un ou plusieurs actes imprimés aux frais de l'*Art Dramatique* ont été confiés à M. Paul SCHEFFER et ont été exécutés parfaitement à des prix tout à fait modérés.

* *

La Maison Paul SCHEFFER se charge de tous les prospectus, affiches concernant la représentation d'œuvres dramatiques.

* *

MM. les Auteurs peuvent également confier à la Maison, des travaux de reliure. Le travail est soigné et défie toute concurrence au point de vue du bon marché.